THE CASE OF THE PEN GONE MISSING

A MICKEY RANGEL MYSTERY

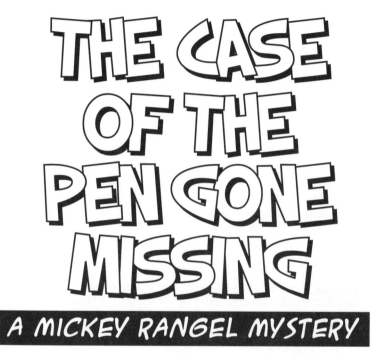

THE CASE OF THE PEN GONE MISSING

A MICKEY RANGEL MYSTERY

BY RENÉ SALDAÑA, JR.

PIÑATA BOOKS
ARTE PÚBLICO PRESS
HOUSTON, TEXAS

The Case of the Pen Gone Missing: A Mickey Rangel Mystery is made possible through grants from the City of Houston through the Houston Arts Alliance and by the Exemplar Program, a program of Americans for the Arts in Collaboration with the LarsonAllen Public Services Group, funded by the Ford Foundation.

Piñata Books are full of surprises!

Piñata Books
An imprint of
Arte Público Press
University of Houston
452 Cullen Performance Hall
Houston, Texas 77204-2004

Cover design by Mora Des!gn
Cover illustration by Giovanni Mora
Inside illustrations by Mora Des!gn

Saldaña, Jr., René.
  The Case of the Pen Gone Missing: A Mickey Rangel Mystery / by René Saldaña, Jr.; Spanish translation by Carolina Villarroel = El caso de la pluma perdida: colección Mickey Rangel, detective privado / por René Saldaña, Jr.; traducción al español de Carolina Villarroel.
    p. cm.
  Summary: When the prettiest girl in fifth-grade asks sleuth Mickey Rangel to prove her innocent of stealing a valuable pen, he ignores his instincts and takes the case, aided by a note from an unknown "angel."
  ISBN 978-1-55885-555-7 (alk. paper)
  [1. Lost and found possessions—Fiction. 2. Schools—Fiction. 3. Mystery and detective stories. 4. Spanish language materials—Bilingual.] I. Villarroel, Carolina, 1971- II. Title. III. Title: El caso de la pluma perdida.
PZ7.S149Cas 2009
[Fic]—dc22
                                                              2009003480
                                                                    CIP

♾ The paper used in this publication meets the requirements of the American National Standard for Information Sciences—Permanence of Paper for Printed Library Materials, ANSI Z39.48-1984.

Printed in the United States of America
April 2010–May 2010
Cushing-Malloy, Inc., Ann Arbor, MI
12 11 10 9 8 7 6 5 4 3 2

THE DAY TOOTS RODRÍGUEZ WALKED UP TO ME DURING morning recess was sunny, windless and hot. I was standing over on the monkey bars side of the playground under the shade of a mesquite tree drinking my Yoo-Hoo. I was caught off guard when she said, "Hey, Mickey." I nearly blew chocobubbles out through my nostrils. You see, Toots Rodríguez is one of the most pretty girls in the fifth grade, if not the prettiest. She has long, curly brown hair, green eyes, and a smile that could tame a raging tiger.

Toots Rodríguez never talks to me. Not even in class. Not even when we're supposed to be working together on a group project, like that frog dissection last month. She just sat at our table and wrote notes to Bucho, her longtime boyfriend, my longtime archnemesis. All the while, my twin brother, Ricky, and I sliced open the frog, pinned its sides down, tagged the various parts we could identify, and drew our findings on onionskin paper. Not even a "Thank you, guys" when the "group" scored an A+ on our project.

And so today, when she said, "Hey," eyeballed my Yoo-Hoo, and sighed — let's just say my heart did a couple of backflips inside my chest. "Yes?" I managed to say.

Her bottom lip quivered, and what a sucker I am for that. "What's wrong, Toots?"

"It's just . . . ," she began, placing a hand of feather-light fingers on my wrist. She covered her eyes with her other hand and then she was boohooing away.

I'm a sucker for that, too. And I was in no mood to put up with anyone even thinking of hurting Toots. Not even if this was the first time she'd spoken to me since we napped side by side in kindergarten. I took her hand in mine and said, "Listen, Toots, whatever it is that's bothering you, you can tell me. You can count on me to help."

"Really?" she said. She was wearing a gold charm bracelet that jingled every time she pushed curls from her eyes.

I nodded enthusiastically. Then I stopped, so as not to come across as overly eager.

"But . . . "

"Go on," I said. "Spill it. What's going on?"

"Okay, Mickey. I've come to you because I think I'm in trouble, and I know you're a kind of detective. I can't figure out who else can help me but you."

She was wrong. I wasn't "a kind of detective." I was the real deal. I got a badge and a certificate when I completed a few online courses two years ago. Never mind all the detective books I'd read. Halfway through most of them I'd already figured out who the murderer was, but I kept reading through to the last page just to compare how I arrived at my answers versus how the authors did. Both in school and in the neighborhood, I'd solved enough mysteries that I'd gained a rock-solid reputation as a gumshoe, a private eye. So Toots had misspoken when she referred to me as "a kind of detective." But I let it go. Those green eyes welling up with tears—it was enough to break a guy's heart.

She continued, "There's a rumor going around that I stole Eddy's dad's fancy pen, the one with the White House logo on it, and the president's signature."

"President Lee Black?"

She nodded and sniffled.

"The one Eddy brought in for show-and-tell this morning?"

"Yes, yes. That's the one, and I heard someone telling someone else I was the last one with it. Now it's gone, and so who else but me could've—I can't even say it," she whispered, "*stolen it*. Oh, what will I do?"

"Were you the last one to have the pen?"

"Yes, for goodness sakes, yes, Mickey. I had it, but I put it back in his cubbyhole. And people are saying I *stole* it from him." She whispered that word again, and this time she looked around to see if anyone had heard her.

I looked at her. Those big green eyes, they were a dam getting ready to burst with tears, and she pushed her hair back off her right shoulder.

"You have to believe me, Mickey. I didn't take the pen. I didn't."

And something inside of me (call it a PI's intu-ition) was saying, *Mickey, run from this: hard, fast, and in the opposite direction.* If I'd learned anything in the few years I'd been solving crimes, it was that if a person says again and again she didn't do it, chances are she did. Trying too hard to prove her innocence. Dead giveaway.

But I'm a sap of the worst kind, and when she fluttered her eyelashes at me, my heart melted right then and there. I was a goner, and when she said, almost crying, "Will you help me?" and holding onto my wrist again, tighter this time, my knees buckled, I grew confused, and thought, *A girl this pretty just might be the exception to the rule. She just might be telling God's honest truth.* So I told her I'd help out any which way I could.

"Where do we begin, Mickey?" she wanted to know.

I wasn't about to let an opportunity like this slip through my fingers. That kind only knocks on your door once in a lifetime, more like never if I'm honest with myself, the sort of knock that's more like a mild, soft rap of a screen door against a doorframe so you ignore it.

"Over lunch," I said.

I was impressed by my boldness. Under no other circumstances that I could come up with given a year of daydreams would I have dared ask her to have lunch with me, much less outright telling her that's what was going to happen. And without my voice crackling. Most impressive.

She smiled and said, "What's on the menu today, Mickey?"

And we were off and running. I would prove her innocence in this matter, and, to top it off, I'd discover and then reveal to the entire school the real culprit. Then Toots and I would ride off into the sunset, happy, together forever, holding hands. Leaving Bucho behind in the dust.

TWO

AT LUNCH, OVER SALISBURY STEAK, MASHED POTATOES, and green Jello, she told me how it happened.

"Yes, Mickey, I did take Eddy's pen, but he said I could hold it for a sec. He handed it to me, put it in my hand, like this," and she took my free hand, held it palm up, and put her thin, soft fingers on mine. Oh, delicate like she was, Toots had to be innocent, she just had to be. Then she let go of me, leaving my hand floating out there above my tray, between us, then I noticed it was hanging there, so I took it back, hoping the rush of blood I felt surging up to my neck and face wouldn't give me away.

Toots gazed at her bracelet and stroked it. I noticed every single charm was a heart, each a different size. It must mean so much to her.

"So, yeah," I said. "Back to the story, Toots. You said he handed you the pen? Anyone see this?"

"Why, sure, Mickey, the whole class practically, all of them except for you, since you'd gotten permission to go to the library. Even Miss Garza saw and heard it all. She said, 'Now, Toots, you want to be extra careful with that pen. It's a very special heirloom.' Well, I knew it was special. Duh. I wasn't going to drop it or toss it against the wall or nothing. I just wanted to get a closer look, Mickey, feel what the president must have felt holding it in his hand, signing Eddy's dad's bill into law."

I was taking mental notes. Later I'd jot all this stuff down in my red tablet, the one I used especially for interviews like this one with clients, witnesses, and suspects. Get it all down while it was still fresh. I'd calmed down, some at least, from the whole handholding business, and I told myself, *Mickey, don't be silly. She was just showing you how the exchange had taken place. Don't read between the lines. That'll only cause you trouble.* Although I wanted to recall there'd been a look in her eyes, something soft, like her pushing wide open the windows to her soul, letting me in to take a good, honest look. There'd also been a bit of a shy smile. *But enough of that, Mickey, you're losing focus. Get back to it.*

"So what happened next? You're looking at the pen, feeling its weight in your palm, and then what? Did you give it back right then?"

"No, by then Eddy was talking to Bucho—that jerk—about had he gone into the White House with his dad? Were there all kinds of Secret Service guys packing heat? Stupid guy stuff like that."

Lucky for me I have a photographic memory and can pick up information even when I'm not paying careful attention. You see, it didn't escape me when she called Bucho a jerk and stupid. They'd been boyfriend girlfriend since the fourth grade, but this "jerk" business was news to me. *Well how about that?* I asked myself. *Interesting.* The name had come up in conversation naturally, so like a good detective, I opened up another file in my mind's notebook. Scratched Bucho's name at the top of the page. *How'd I know his name would sooner or later crop up during my investigation?* Bucho was the school brute, for lack of a better word. Nothing but muscle, no brains to speak of, and always in one way or another involved in every dispute, fight, and misdeed at school. I'd never been able to pin anything on him so far, but we still had the rest of this year plus grades six through twelve for him to slip up. Maybe this would be it. But I stopped myself from going down that rabbit trail. Sure, I knew better than to even think I'd already solved the mystery of the stolen pen. I knew it was still too early to be coming to conclusions. Everyone's a suspect, according to my Detective's Handbook. Even a suspect is innocent until proven guilty, but it was a lead, an angle, and I had to go after it. After all, it was Bucho we were talking about.

"So, Toots, tell me, Bucho—did he ever hold the pen?" But how to ask her what I really wanted to ask, what was up with her and Bucho, without making it sound like I was more interested in the possibility of her now being available than in proving she'd been falsely accused?

"No, no. Like I told you, Mickey, Bucho and Eddy were off to the side, over by the Reading Table by Miss Garza's desk, you know? No way! Wait a second," she said, "you think Bucho had something to do with this? It can't be. I mean, I know he's all trouble, and if anyone could and would do such a thing, it'd be him. But like I said, he was nowhere near me. You think maybe he somehow . . . ? I'm telling you, and this you're getting from his now ex-girlfriend for the last two days, so that's got to mean something, that's impossible."

Yes! I thought. Available, and who did she think of to help her in these hard times, who was the only one who could save her in this moment of distress, who was her knight in shining armor? Me, that's who. My mind was reeling, my heart beating hard like war drums. I couldn't focus now, so I cut her off. I had to. "Just asking a question, Toots. I wouldn't be good at this mystery-solving racket if I didn't ask, right? Just covering all the bases, you know?"

"Sure, if you say so."

"I do. So with those two over by Miss Garza's desk, what happened next?"

"Well, I was done with the pen, and someone else wanted to hold it—I really can't remember who. Anyway, I said to whomever, 'No way, I can't hand you the pen without Eddy's say-so.' Then I said to Eddy, loud enough to get both his and Miss Garza's attention 'cuz she looked up from her reading. 'Eddy,' I said to him, 'Thanks for letting me hold your dad's pen. It's real nice, you know. I'm gonna put it in your cubby. Is that okay?' He nodded, so I walked over to his cubbyhole and put the pen in there. I put it way in the back so no one would think it'd be easy to swipe, right? I even said so to Eddy. 'Hey, I just put it way in the back of your cubby so

no one'll steal it, okay?' Again he nodded. Then I went to my desk, sat, and took out my journal to write what I thought of the pen. If you think it'll help, you can have a look at what I wrote down."

Boy, was I tempted. She was giving me the go-ahead to read her journal. Sure, it was just the one entry from today about the pen, but maybe I could sneak a peek at other entries. See if she'd written anything about me? *Nah, that would be unethical,* I figured. Though the handbook didn't say one way or the other about this specifically, I still felt squeamish about it. But I knew this chance would never come up again. Like I said, it was tempting, but maybe too tempting and I'd be all into the journal instead of on what mattered, proving Toots's innocence as soon as possible.

THREE

AFTER I DROPPED OFF BOTH OUR TRAYS, I WALKED WITH Toots to our classroom. When we entered, I noticed that everyone who'd come back from lunch was sitting quietly, too quietly, really. Something else —everyone looked up at Toots as if on cue, all of them like Pavlov's dog turning to stare at the sound of the bell. Toots stopped dead in her tracks, then she looked down at the floor in front of her, and walked quietly to her desk. There, she put her head down and covered up with her folded arms, as if doing that could protect her from all the gawking. I want to say I heard her sniffling under all that brown hair, the curls of it cascading onto the desktop. But I couldn't be sure. I gave everyone my evilest stare, letting them know to back off. I was on the case.

Oh, it hurt me to see her like this. I slid over near the cubbies and studied the classroom. On the far side was Ricky, staring out the window, daydreaming as usual. Up at the front sat Miss Garza, her face long and down in the mouth, around her eyes red blotches, looking gloomily over at Toots, who hadn't moved an inch one way or the other after sitting down. In front of her and to her right was Eddy. Talk about miserable. The kid's chin lay heavy on his skinny chest. I could tell from his bloodshot eyes that he'd also been blubbering. And I thought, *For goodness sakes there, Eddy, it's a pen. I got plenty of them in my cubbyhole. Take one, take them all if it'll make you happy.* I just didn't want to see Toots accused of anything I just knew she couldn't have done. Behind Eddy was Bucho, a hand patting Eddy on the shoulder, whispering to him that we wouldn't leave today until the pen turned up. If I didn't know better, it looked like the two of them were bosom buddies, pals for life.

I didn't get it. Although I'd told myself over lunch even Bucho deserved the benefit of the doubt, that even he was innocent until proven guilty, that he, like everyone else in class, was a suspect, way, way in the back of my mind, in that file I'd opened on him and him alone, I'd pretty much decided he was the thief, at the very least the main suspect. And somehow he'd figured a way to direct all the attention away from him and right at Toots instead. I meant to look especially closely at him, but here he was, consoling the victim. Soft, like I'd never seen him before. And I became more puzzled when he was the first one to volunteer to be searched, "I got nothing to hide, Miss G. If you wanna take a look, here I am." He walked over to the nearest wall, placed his hands on it, leaned in, and spread his legs slightly.

A real pro, I thought. *Walking the walk. What's he up to?*

Miss Garza told him, "Thanks for the gesture, Bucho, but that won't be necessary."

But you see how I had to cross him off my list, for now at least. I mean, if he had the pen on his person, then he wouldn't have submitted himself to a search.

Miss Garza said, "Sit back down, Bucho. I'm going to step outside for a few minutes, and I'm taking Eddy with me. While we're gone, here's what I want to happen. Whoever took the pen will have to find the courage that Bucho just now displayed and return it. Whoever took it needs to give it back."

I knew right off the bat that this plan wasn't going to work. It never did. What were teachers thinking when they did this? Who in his right mind wanted to get up in front of everybody and admit to being a thief? Walk up to the teacher's desk and place the pen on her roll book, and then expect that no one would rat him out? Who'd want to be known as Sticky Fingers for the rest of his—or her—life? Nobody, that's who.

I was just about to say something to that effect, but Miss Garza must've figured the same thing, because she said, "I've got a better idea: I'll call each of you out one at a time. If you've got the pen, bring it with you. After school I will return it to Eddy, along with a written apology. Do that, and you won't get turned into the principal's office. If the pen isn't returned, then, well, like Bucho said earlier, we won't go anywhere until it turns up. So if you want to go swimming in P.E. next period, somebody better do what's right."

She and Eddy left the room, and like she said, she began calling on us one at a time, taking a few moments with each of us out there. While her interrogations were going on, I conducted my own version. I said to Toots, "Listen up," and everyone but she looked in my direction. I turned to face the cubbyholes, the last place the object in question had been. Right in front of me was Eddy's cubby. It'd been emptied out earlier except for a paper clip, a used staple, and some dust way in the back. He'd probably taken everything out when he was searching frantically for his dad's pen. I scratched the back of my neck.

"Toots," I said again, "you said at lunch, you put the pen in its proper place, right?"

I looked over my shoulder and saw she slowly lifted her head.

"Right?"

"Yes," she answered. "Inside the cubby. On top of his blue notebook."

As soon as she'd spoken, the whole class turned to look at her, and I turned back to the cubby.

"And you said, 'I told Eddy I was putting it in there, and he saw me do it, and so did everybody else, including Miss Garza.' Is that right?"

She snuffled in the affirmative.

"The rest of you—" and at this, I spun to face them all— "who of you saw her put the pen in there?" At first only a couple of hands went up. Bucho was one of them. That was interesting, the ex-boyfriend providing an alibi for the ex-girlfriend. Then a few more people raised their hands. Ricky was in his own

world, his gaze set on something out in the playground or beyond. "Then you sat at your desk? Right?
Is that right, the rest of you? You saw her sit down and
begin to write in her journal, like she says?"

They nodded.

"So how is it then that it's Toots taking the rap for
this theft? It's plain to me, based on what you all wit-
nessed, she couldn't have taken that pen."

"But," said Larry sitting over next to Toots, "she
was the last one seen with the pen. I don't remember
seeing her actually put the pen in the cubbyhole. I
mean, I saw her stick her hand in there, but who's to
say she didn't sneak it down into her sleeve, then
slip it into her pants pocket. You see how she didn't
volunteer to be searched. The evidence all adds up
and points right at Toots here."

"Everybody's a detective," I said. "Read one
Encyclopedia Brown or a Hardy Boys mystery, and
you're all sleuths." Then I shook my head. "Listen,
Larry. Everything you just listed, every iota of it in
the legal-eagle business is known as 'circumstantial
evidence,' stuff that wouldn't stand up in a court of
law. Without the hard facts, actual clues—finger-
prints, DNA samples, and the like—you got nothing.
Empty, like this cubby," I said, pointing to the cubbyhole. "And besides, Toots is wearing a short-sleeved
blouse. So there goes that theory." I was on a roll.

Larry turned five shades of red. But he deserved
it. He'd proven nothing with his little spiel except
that he was an amateur and way in over his head.

"Toots," I said, "come up here and walk me
through it, won't you?"

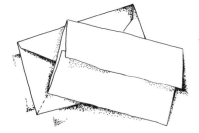

TOOTS WALKED ME THROUGH THE EVENTS OF THE morning, down to the way she went back to her desk, pulled out her journal, opened it to the last page she'd written on, then took out the pen she'd used, a purple-inked job with a fuzzy tassel on the tip. "That's when the bell rang for recess earlier," she said, reminding me of the timeline.

Bucho stood up, walked over to me. He towered over me. He was a hulk. A knuckle-dragging ogre, peach fuzz already sprouting on his chin. He looked down at me and said, "She's told it to you like it happened. I remember her saying to Eddy that she was going to put the pen back. I see her clearly in my head doing it. Sticking her hand way in there and pulling it out empty." This next part he whispered, just between guys sort of. "I know, because I looked at her hands. Her bracelet actually. It's the one I gave to her for her birthday last month, and even though we haven't been on speaking terms for the last two days, I was happy to see her wearing it."

Toots smiled at this last part.

I didn't. "Anyway," I said, "what happened next?"

It was Bucho who spoke again, "Yeah, like she said, Toots was sitting down and writing who-knows-what? in her silly book. I started wrestling around with Eddy. Just playing around with my new bud, you know. I had Eddy in a headlock, when he stepped hard on my foot, so hard I had to let go of him. It was then that he shoved me, back first, into the cubbies. It hurt me, I tell you, but he didn't mean it like that. We were just playing around, right?" Bucho stepped over to Eddy and tousled his hair. "I'll tell you this much, too. The boy couldn't push me like that again if he tried." At this, Bucho crossed his arms and stuck his chin out hard.

Right then the door opened and Miss Garza called me out next. I told her I was at the library when the deed was done. Then the last three people were called one after the other, Toots among them, but still no pen.

Miss Garza sat back at her desk, down in the mouth again, on the verge of a real cry-fest. Her voice shaking, she said, "Well, that does it. No swimming pool today or for as many days or weeks as it takes for whoever took the pen to return it."

At this, everyone groaned. The weather outside was nearing 100 degrees Fahrenheit, so hot you could fry two eggs, sunny-side up, a few strips of bacon, and some hash browns on the sidewalk. So hot, we had been looking forward to the hour-long dip in the pool all day. But it wasn't going to happen today, and worse, Miss Garza said, "Now, go to your cubbies and get your math books. You'll work on chapters seven and eight for the rest of this hour. No talking. Not a peep. No calculators. No group work. And show, on a scrap sheet, how you arrived at the answer."

Somebody behind me spoke up. "But, Miss Garza, we're only on chapter four. How do you expect us to know what comes later in the book?"

"Never mind about that," she said. "You just get it done, and get it done right, because this is going to count for fifteen percent of your six-weeks grade."

Another huge groan arose. Mine had nothing to do with this latest development, but with the fact that I was stumped. I had worked through Toots's ordeal more times than I have fingers and toes, but I still couldn't come up with a single piece of hard evidence to help her out of this jam. I'd pretty much failed her.

"Now, go to your cubbies," Miss Garza said, "get your books, and start."

We all did as she said. I knew I was in for it. I knew math like I knew what a skunk thinks, but I went to get my materials. That's when I noticed the envelope in my cubby. I was wondering when it'd show up and in what form. I scanned my classmates carefully to see if anyone of their faces would betray my "angel." Nothing, though.

I reached for the letter that was lying on top of my reading book that was on top of my math book. It had to have been put in there when I was out with Miss Garza. This letter "angel" was getting to me. Always sneaky. Always invisible. The one and only mystery I'd never come close to solving. Who was my "angel"?

Everyone was making their way back from their cubbies with books in hand. They all gave Toots an ugly look. Ricky had his math book open in front of him already. He liked numbers, so to him this was way better than swimming. I could just about see smoke rising from his mechanical pencil. No chance he was my angel. I grabbed my math book and my red tablet, stuffed the envelope into my shirt pocket, and returned to my desk.

There, I opened the envelope as silently as I could and unfolded the letter. It read:

> *Mickey: you can't let yourself be fooled. 1, figure this one out: why would a girl who's broken up with her boyfriend still be wearing his bracelet? B, to find the missing pen, think out of the box (over it, under it, beside it, behind it), replay the entire scene in your mind again and again until you know it forward and backward. III, don't speak all too soon.*

It was signed, as these missives always were, *Mickey's Angel.* How corny was that? On more than one occasion, normally right as I was about to solve a mystery on my own, I'd get a letter in my backpack, a sticky note, once a riddle on a napkin even. Aside from the usual signature, the letters were always untraceable. They were typed or written in generic block letters. More often than not, my "angel" told me what I'd already figured out but hadn't yet revealed to the public, or would've figured out eventually given a bit more time. This one, though, upset me because aside from implying that Toots and Bucho were still together, almost like they

FIVE

B Y NOW ALL KINDS OF TIME HAD PASSED AND I HADN'T worked on a single problem. I hadn't even cracked open the book. What would I tell Miss Garza when she asked for us to pass our work up to the front of each row and my page would be absolutely blank? Oh, what a mess I was in now.

Then it got worse.

Miss Garza said, "You've got five minutes to finish the work I assigned earlier. Don't forget to put your name and the date on the top left-hand corner of your paper. Something else, if the pen isn't returned by end of the school day, you all will be getting a math test on Friday. It'll cover everything we've studied this year and chapters seven and eight. You'll be expected to pass this test, or you'll fail the six weeks. So, know this material backward and forward. Do you understand?"

Something about what she'd said struck me like a slap on the face. What was it? And then it became clear to me.

"Miss Garza?" I said.

"Yes, Mickey."

"How did you say we should know this material?"

"Mickey, I'm in no mood for your smart-alecky manner today."

I shook my head. "I don't mean it in a bad way, Miss Garza. May I approach?"

"Okay, Mickey," she said and waved me up to her desk.

I whispered, "Miss Garza, did you say, 'Know this material backward and forward?' or 'forward and backward'?"

"Mickey . . . " she warned.

"It's important. It may shed some light on the absent stylus situation, ma'am." I raised my eyebrows at her.

"I don't understand how what I said . . . . But whatever, Mickey. I said, 'Know it backward and forward.'"

Then I asked to be allowed to visit the library. I needed some alone time to think clearly. In addition to Mickey, the well-behaved and very literate student, Miss Garza also knew me as Mickey the Detective, so she gave me permission to go. I gathered my tablet, my "angel's" letter, and a pencil, then left for the library. I was there not even ten minutes, when it all became crystal clear to me, so I returned to class.

I WALKED INTO CLASS AND HEADED TO TOOTS'S SIDE. I bent at the knees, she looked at me, and my heart broke.

She was smiling weakly.

I said, "I've got it all solved now, Toots."

She stopped smiling. "Do you?"

I nodded. "Just one thing, your bracelet?"

"Oh, this trinket?" She caressed it lovingly. "It was a gift from my grandmother. That's why I love it so much."

"Miss Garza," I said, all eyes on me. "If I may?"

She nodded and turned the floor over to me.

I strode up and down the front of the room once or twice. I was drinking water from a plastic cup I'd gotten from Miss Salinas, the hip librarian who always recommended the coolest, hot-off-the-press books for me to read, and who always let me take a cold cup of H_2O from her mini-fridge. I placed it on top of the cubbies.

"Bucho," I said, stopping in front of him, "when Eddy shoved you into the cubbies, you said it hurt, right?"

"Yeah, but not so much. I mean, it wasn't real roughhousing. I see how Eddy's a little girly sometimes, not wanting to play hard during recess, so this was my way of helping him get tougher, you know. What I mean is, yeah, he shoved me, but not so hard. I've been hit worse, like playing tackle football in the neighborhood and that time on the trip to the zoo when I got head-butted by the goat. That hurt."

"Well, whatever," I said. "But, I don't remember you saying it was hard enough to push you into the cubbies and cause them to shake. Was it that hard?"

"Maybe. I couldn't tell you. I don't recall. Why are you asking? You think I had something to do with his pen going missing? Are you accusing me? Are you, Mickey?" He stood and forced me to take a half-step back. But that's as far as I was moving.

"Just curious, is all. Gotta cover all the angles, right? You think you can push me into the wall of cubbies like Eddy did you?"

"What? You're giving me permission to shove you?" He looked at Miss Garza for her reaction. She was shaking her head and beginning to stand up.

I said, "Ma'am, may I approach?"

She leaned back into her chair and motioned for me to come to her desk. "This better be good because you know I will not give Bucho permission to harm you in any way."

"Miss," I whispered, "without this I've got nothing. I promise, I'll be careful. He won't hurt me."

She took a deep breath, clicked her tongue, and said, "Okay, Mickey, but tread carefully."

"I will," I said and walked back to Bucho. "Go on. I give you permission. You won't get in any trouble."

"I don't know about this." He looked over at Miss Garza, who shrugged and gave him a reluctant nod.

"Or is it you don't think you can?"

"Oh, I can." And he did. He shoved me into the cubbies, not so hard, but hard enough to knock down the glass of water I'd placed at the top edge of the shelf. The water splashed down on us. Partly on my right shoulder but mostly on Bucho's head and face.

Our classmates were snickering, Bucho was fuming. "What's the deal?" he asked. "Are you asking for a beating with this little stunt of yours? 'Cuz you'll get it." He was looming over me at this point, but I wasn't backing down. He grabbed me by the shoulders and shook me a little.

Just then Miss Garza stepped between us. Bucho let go of me real quick. She looked at Bucho dripping wet. Then she asked me, "Mickey, this has gone on long enough. What's the meaning of all this?"

"If I may explain, ma'am."

"Please do."

"Yeah," said Bucho. "Please do." He squinted at me and glared.

This had to work, or I was in big trouble. With Miss Garza, but worse, with Bucho. "First off," I said, "you were right to break it off with Toots." I turned to look at her briefly, but she had her head buried in her arms again, and my heart fluttered like before at all those curls. "She's a no-good thief. And a liar to boot," I added.

"Now wait a minute," Bucho said. "That's my girl you're talking about."

"I thought you two were broken up?" I said.

"Well, maybe we are, maybe we aren't. What of it?"

"Bucho, shut up," said Toots. Now he was getting stared down, and how fierce those green eyes had turned just then. Menacing.

"He doesn't know what he's talking about. He's such a doofus," she told the class, and me, and Miss Garza. "Just can't stand being dumped. Isn't that right, Bucho? Tell them, Bucho."

"Yeah, yeah, that's right," he corrected himself. "I don't know what I'm saying."

And so there was my answer to my "angel's" first question: they weren't broken up, but faking it, and now I just had to figure out what for. But before any of that, I had another, more important issue at hand to resolve. "Miss Garza, class, you might be asking why all the drama with the cup of water."

They all nodded, except for Bucho, who was looking into the palms of his hands, and Toots, who was still boring a hole in his head with those eyes of hers. And Ricky, I noticed, was still working on his math. Probably working on chapters nine and ten just for fun. What a doofus my brother was.

"You see, these two, meaning Bucho and Toots, are in cahoots."

Everyone was silent. I mean, it was as if they'd stopped breathing even. All eyes on me. Bucho's and Toots's, too.

"In conclusion, I tell you. These two conspired to abscond with Eddy's pen."

"You lie," said Toots.

"Oh, do I? Why would a girl, who claims she's broken up with her boyfriend, still be wearing a token of his love and lie about it? A gift from your grandmother, huh?"

She reached for her bracelet absently, then she let go when she figured out what she'd done.

"No need to answer. Back to the pen. When you placed it in Eddy's cubbyhole, you said you dropped it off as far back as it would go. You said you'd done that to keep anyone from stealing it, yes? And later, Eddy shoved Bucho into the cubby shelf, like Bucho did me, and so he got water spilled on him." I walked over to the cubby shelf. I was standing with my back to it, and when I turned, there was Eddy's empty cubby. I crouched down to the very bottom one, the messy one. "I wonder whose cubby this is . . . " I said, pointing.

Miss Garza said, "Well, if memory serves, that's Bucho's."

"Yes, I thought so," I said. "Bucho, earlier you offered to be searched, got up against the wall, and spread 'em so Miss Garza could look for the pen. You didn't say, 'Look in my cubby.' Why?"

"Well, I . . . I . . . "

"May I look at its contents?" I said. "I mean, unless you're scared I'll find something there that shouldn't be there?"

"You won't. So go ahead." But he was squirming, shifting from foot to foot. Sweating.

Here was my opportunity to bust him outright, show him to be the culprit I knew him to be but hadn't yet proven. I pulled out one notebook, one textbook at a time until there was nothing in the cubby but dust bunnies, crumpled papers, pencil stubs, and chewed erasers.

When I'd pulled everything out, everything but the pen, Bucho said, "Aha, didn't find a thing, did ya? Now apologize!"

I held up my right index finger. "Apologize? But I haven't finished." I reached far back into the cubby, as far back as the crack of space between the cubby and the wall, a crevice no wider than an inch, but wide enough for a pen to fit snugly. I stuck my fingers into the space, and lo and behold, without any trouble, I found it. The pen. I managed to work it up and out of the crack, then into my palm.

I meant to stand and twirl around, holding the pen up for all to see. I meant to say, "Apologize? Me? But what can this be then?"

But as I was unfolding from my crouch, as I was twirling around, the pen in my hand, it hit me in the stomach like a ton of bricks; I'd given Bucho a way out. I mentally kicked myself, because as thick as he was sometimes, he wasn't stupid. He'd see the opening and run through it. Earlier I'd said, "May I look at the contents of your cubby?" and he'd agreed. I'd pulled everything out of his cubby and hadn't found the pen in question. What a fool I'd been! What did part III of the letter say: *"don't speak all too soon"*?

Gazing on my classmates' faces, I saw Bucho looking at me, smirking. Then he went all serious, turned to Miss Garza, shrugged his shoulders, and said, "Ma'am, I swear, I have no clue how that pen ended up down there. I mean, of course I know how it got there. It was me and Eddy wrestling. It had to have been, but it wasn't on purpose. I mean, how would I have known Eddy would push me into the cubbies? You just gotta believe me," and his voice quivered. I swear he really sounded like he was on the brink of boohooing like a baby.

And Miss Garza must've fallen for it because she said, "Six of one or half a dozen of the other, it's all the same to me. We've found the pen, thanks to Mickey, so no test on Friday." I handed Eddy back his dad's pen, and he had just about the biggest smile on his face I'd ever seen.

Everybody cheered. No one louder than Toots. I mean, I could hear her shrieks above everybody else's shouts.

Everybody was overjoyed. That is, everybody but me. I'd once again missed another golden opportunity to nab my man. Worse yet, I'd been duped by those beautiful green eyes and those curly brown locks. Duped, I say.

And no closer to knowing who my angel was.

fuera torpe, tonto no era. Vería la salida y correría hacia ella. Hace un rato yo había dicho, "¿Puedo revisar tu casillero?" y él había accedido. Había sacado todo de su casillero y no había encontrado la pluma perdida. ¡Qué tonto había sido! ¿Qué decía la tercera parte de la carta: "¿*no hables precipitadamente?*"

Mirando las caras de mis compañeros vi a Bucho observándome, sonriendo. De pronto se puso serio, se volvió hacia la señorita Garza y dijo —Señorita, lo juro, no tengo idea cómo llegó ahí esa pluma. Quiero decir, por supuesto que sé como llegó ahí. Fue cuando Eddy y yo estábamos luchando. Tuvo que haber sido eso, pero no fue a propósito. Es decir, ¿cómo iba a saber que Eddy me iba a empujar hacia los casilleros? Tiene que creerme —su voz tembló. De verdad sonaba como si estuviera al borde de llorar como un bebé.

Y la señorita Garza debe haberle creído porque dijo —Sea como sea, me da lo mismo. Gracias a Mickey encontramos la pluma, así es que no hay prueba el viernes. —Le regresé su pluma a Eddy y él sonrió como nunca lo había visto antes.

Todos celebraron. Ninguno más fuerte que Toots. Digo, podía oír sus chillidos por sobre los gritos de todos los demás.

Todos estaban felices. Es decir, todos excepto yo. Otra vez había perdido una oportunidad de oro de pescar a mi hombre. Peor aún, había sido embaucado por esos hermosos ojos verdes y esos mechones castaños. Realmente embaucado.

Y ni siquiera estaba cerca de saber quien era mi ángel.

EL CASO DE LA PLUMA PERDIDA

COLECCIÓN MICKEY RANGEL, DETECTIVE PRIVADO

POR RENÉ SALDAÑA, JR.

TRADUCCIÓN AL ESPAÑOL DE CAROLINA VILLARROEL

PIÑATA
BOOKS

PIÑATA BOOKS
ARTE PÚBLICO PRESS
HOUSTON, TEXAS

La publicación de *El caso de la pluma perdida: Colección Mickey Rangel, Detective Privado* ha sido subvencionada por la Ciudad de Houston por medio del Houston Arts Alliance y por el Exemplar Program, un programa de Americans for the Arts en colaboración con LarsonAllen Public Services Group, un programa de la Fundación Ford.

¡Piñata Books están llenos de sorpresas!

Piñata Books
An imprint of
Arte Público Press
University of Houston
452 Cullen Performance Hall
Houston, Texas 77204-2004

Diseño de la portada de Mora Des!gn
Ilustración de la portada de Giovanni Mora
Ilustraciones de Mora Des!gn

Saldaña, Jr., René.
The Case of the Pen Gone Missing: A Mickey Rangel Mystery / by René Saldaña, Jr.; Spanish translation by Carolina Villarroel = El caso de la pluma perdida: Colección Mickey Rangel, detective privado / por René Saldaña, Jr.; traducción al español de Carolina Villarroel.
    p. cm.
Summary: When the prettiest girl in fifth-grade asks sleuth Mickey Rangel to prove her innocent of stealing a valuable pen, he ignores his instincts and takes the case, aided by a note from an unknown "angel."
ISBN 978-1-55885-555-7 (alk. paper)
    [1. Lost and found possessions—Fiction. 2. Schools—Fiction. 3. Mystery and detective stories. 4. Spanish language materials—Bilingual.] I. Villarroel, Carolina, 1971- II. Title. III. Title: El caso de la pluma perdida.
PZ7.S149Cas 2009
[Fic]—dc22
2009003480
CIP

∞ El papel utilizado en esta publicación cumple con los requisitos del American National Standard for Information Sciences—Permanence of Paper for Printed Library Materials, ANSI Z39.48-1984.

Impreso en los Estados Unidos de América
Abril 2010–Mayo 2010
Cushing-Malloy, Inc., Ann Arbor, MI
12 11 10 9 8 7 6 5 4 3 2

UNO

EL DÍA ESTABA SOLEADO Y SIN VIENTO CUANDO TOOTS Rodríguez se me acercó durante el receso. Hacía calor y yo estaba parado cerca de la trepadora en el patio del recreo, bajo la sombra de un árbol de mezquite, tomando mi Yoo-Hoo. Me tomó por sorpresa cuando dijo "Oye, Mickey". Casi me salieron burbujas de chocolate por la nariz. Verán, Toots Rodríguez no es una de las niñas más bonitas, sino la más bonita del quinto grado. Tiene el cabello castaño, largo y ondulado, ojos verdes y una sonrisa que podría domar al tigre más feroz.

Toots Rodríguez nunca me dirige la palabra. Ni siquiera en clases. Ni siquiera cuando se supone que debemos trabajar juntos en un proyecto de grupo, como el del mes pasado, donde debíamos disectar una rana. Ella se sentó en nuestra mesa y se dedicó a escribirle notas a Bucho, su novio desde hace tiempo, mi archienemigo desde hace tiempo. Mientras tanto, mi hermano gemelo, Ricky, y yo abrimos la rana, la afirmamos con alfileres, marcamos todas las partes que pudimos identificar y dibujamos nuestros descubrimientos en papel cebolla. Ni siquiera

nos dijo "Gracias, chicos" cuando nuestro "grupo" se sacó una A+ en el proyecto.

Así que hoy cuando dijo —Oye, —se fijó en mi Yoo-Hoo y suspiró, digamos que mi corazón dio un par de saltos en mi pecho.

—¿Sí? —logré decir.

Su labio inferior tembló y eso me desarmó.

—¿Qué te pasa, Toots?

—Es sólo . . . , —empezó a decir, colocando una de sus manos de dedos tan delicados como plumas sobre mi brazo. Con la otra se tapó los ojos y se puso a llorar.

Eso también me embobaba, y no estaba de humor para aguantar a alguien que siquiera pensara en hacerle daño a Toots. Ni siquiera cuando ésta fuera la primera vez que ella me hablaba desde que dormíamos siesta juntos en la guardería. Tomé su mano y le dije —Escucha, Toots, puedes decirme lo que que te está molestando. Lo que sea. Puedes contar conmigo.

—¿De veras? —dijo. Llevaba una pulsera de oro con figuritas que tintineaban cada vez que se apartaba los rizos que caían sobre sus ojos.

Asentí con entusiasmo, pero disimulé para no parecer demasiado entusiasmado.

—Pero . . .

—Dime —dije—. Suéltalo. ¿Qué es lo que te preocupa tanto?

—De acuerdo, Mickey. Vine a hablar contigo porque creo que estoy en apuros y sé que tú eres algo así como un detective. Si no eres tú, no sé quién más me pueda ayudar.

Estaba equivocada. Yo no era "algo así como un detective". Era todo un detective. Tenía una placa y un certificado que recibí cuando completé unos cuantos cursos en Internet hace dos años. Sin contar todos los libros que había leído. De la mayoría de ellos, había descubierto a la mitad de la historia quién era el asesino, pero seguía leyendo hasta la última página sólo para comparar cómo habíamos llegado a las conclusiones el autor y yo. Había resuelto suficientes misterios en la escuela y en el barrio, por lo que me había ganado una sólida reputación como detective, como investigador privado. Así que Toots estaba equivocada al decir que yo era "algo así como un detective", pero lo dejé pasar. Esos ojos verdes llenos de lágrimas eran suficientes como para romperle el corazón a un tipo.

Ella continuó —Andan diciendo que robé la lujosa pluma del padre de Eddy, esa con el logotipo de la Casa Blanca y la firma del presidente.

—¿Del presidente Lee Black?

Ella asintió y se puso a llorar.

—¿La que trajo Eddy esta mañana para mostrarla en clase?

—Sí, sí. Esa misma, y escuché que alguien decía que yo fui la última persona de tocarla. Ahora no se encuentra. ¿Quién más podría haberla, no puedo ni decirlo, *robado*? —susurró—. Ay, ¿qué voy a hacer?

—¿Fuiste la última de tener la pluma?

—Sí, por Dios, sí, Mickey. Yo la tenía, pero la puse de vuelta en el casillero de Eddy. Y ahora andan diciendo que yo se la *robé*. —Susurró la palabra y

esta vez miró a su alrededor para asegurarse de que nadie la hubiera escuchado.

La miré. Esos grandes ojos verdes eran como una represa, listos para romper en lágrimas; sacudió el cabello por encima de su hombro derecho.

—Tienes que creerme, Mickey. Yo no tomé esa pluma. No lo hice.

Y algo dentro de mí (llámenlo intuición de investigador privado) decía: *Mickey, aléjate de esto. Corre, rápido y en la dirección opuesta.* Si algo he aprendido en el par de años que llevo resolviendo crímenes es que si una persona repite una y otra vez que no hizo algo, lo más probable es que sí lo haya hecho. Ella estaba insistiendo demasiado en su inocencia, y esto la delataba.

Pero soy un inocentón de la peor especie, y cuando Toots agitó sus pestañas, mi corazón se derritió en ese preciso momento. Estaba desahuciado, y cuando dijo, casi llorando —¿Vas a ayudarme? —tomándome otra vez de la muñeca, pero está vez con más fuerza, se me doblaron las piernas, me confundí y pensé: *Una chica tan linda como ella puede ser la excepción de la regla. Puede que esté diciendo la purita verdad.* Así es que le dije que la ayudaría en todo lo que pudiera.

—¿Por dónde empezamos, Mickey? —quiso saber.

No iba a dejar que una oportunidad como ésta se me escapara de las manos. Es el tipo de oportunidad que toca a la puerta sólo una vez en la vida, más bien nunca toca si soy honesto conmigo mismo. Éste es el tipo de oportunidad que toca ligeramente, como el

suave golpe de una puerta mosquitera contra su propio marco. Es un golpe tan tenue que lo ignoras.

—Lo hablamos al almuerzo, —dije.

Estaba impresionado con mi audacia. Bajo ninguna otra circunstancia imaginada en un año de fantasías habría osado pedirle que almorzara conmigo. Decirle de frente que eso era justo lo que iba a pasar, y sin que se me quebrara la voz, era muy impresionante.

Ella sonrió y dijo —¿Qué hay en el menú hoy, Mickey?

Y nos fuimos corriendo. Probaría su inocencia y aún más, descubriría y revelaría a toda la escuela quién era el verdadero culpable. Después Toots y yo cabalgaríamos felices hacia el horizonte, juntos para siempre, tomados de la mano, dejando a Bucho atrás, en el polvo.

DOS

DURANTE EL ALMUERZO, MIENTRAS COMÍAMOS UN bistec estilo Salisbury, puré de papas y gelatina verde, me contó cómo sucedió todo.

—Sí, Mickey, sí tomé la pluma de Eddy, pero él me dijo que podía tomarla por un momento. Me la pasó, me la puso en la mano, así —y me tomó la mano que tenía libre, la sostuvo con la palma hacia arriba y puso sus delgados y suaves dedos sobre los míos. Oh, delicada como ella era, Toots tenía que ser inocente, tenía que serlo. Luego me soltó y dejó mi mano flotando sobre mi bandeja, entre los dos, cuando me di cuenta de que estaba ahí colgando. La saqué, esperando que no me pusiera en evidencia la corriente de sangre que sentí subir por mi cuello y mi rostro.

Toots miró y acarició su brazalete. Me di cuenta de que todas las figuritas eran corazones, cada uno de diferente tamaño. Debe importarle mucho.

—Entonces, sí —dije—. Volvamos a la historia, Toots. ¿Dijiste que él te pasó la pluma? ¿Alguien vio esto?

—Seguro, Mickey, prácticamente toda la clase, todos excepto tú porque te dieron permiso para ir a

la biblioteca. Incluso la señorita Garza vio y escuchó todo. Ella me dijo "Toots, ten muchísimo cuidado con esa pluma. Es una reliquia muy especial". Yo sabía que era especial. No iba a dejarla caer o tirarla contra la pared o algo así. Sólo quería verla de cerca, Mickey, sentir lo que debió sentir el presidente cuando la tuvo en su mano y firmó el proyecto de ley que propuso el padre de Eddy.

Yo tomaba notas mentales. Más tarde anotaría todo esto en mi libreta roja, la misma que usaba especialmente para entrevistas con clientes, testigos y sospechosos. Había que escribir todo mientras estaba fresco. Ya me había calmado, algo al menos, del asunto de la tomadita de manos y me dije: *Mickey, no seas tonto. Ella sólo te estaba mostrando cómo se había llevado a cabo el intercambio. No leas entre líneas. Eso sólo te va a traer problemas.* Aunque quería recordar que había habido una mirada particular en sus ojos, algo suave, como si estuviera abriendo de par en par las ventanas de su alma, y me dejara entrar para ver. También había habido una pequeña y tímida sonrisa. *Pero ya basta, Mickey, estás perdiendo la perspectiva. Vuelve al tema.*

—Entonces, ¿que pasó después? Estás mirando la pluma, sintiendo su peso en tu mano y luego, ¿qué? ¿La devolviste en ese momento?

—No, para ese entonces Eddy le estaba preguntando a Bucho, ese tonto, si había ido con su padre a la Casa Blanca . . . que si los agentes del Servicio Secreto andaban armados. . . . Cosas tontas de hombres.

Para mi suerte tengo memoria fotográfica y puedo obtener información, incluso cuando no estoy poniendo atención. Verán, no se me escapó cuando dijo que Bucho era tonto. Habían sido novios desde el cuarto grado y que lo tratara de "tonto" era noticia para mí. *Bueno, ¿quién lo diría?* me dije. *Interesante.* El nombre había salido en la conversación de manera natural, así que, como buen detective, abrí otro archivo en mi cuaderno mental. Anoté el nombre de Bucho al comienzo de la página. *¿Cómo sabía que su nombre tarde o temprano surgiría durante mi investigación?* Bucho era el rufián de la escuela —no había otra para palabra para describirlo. Era puro músculo, del cerebro ni hablemos, y de una u otra manera siempre estaba involucrado en cada disputa, pelea y fechoría que había en la escuela. Nunca había podido culparlo de nada hasta ahora, pero aún nos quedaba el resto del año, y del sexto al decimosegundo grado para que cometiera un error. Quizás ésta era la ocasión, pero hice un alto y me detuve. Por supuesto, todavía faltaba resolver el misterio de la pluma robada, era demasiado pronto culparlo a él. Todos son sospechosos, de acuerdo a mi manual de detectives, y siempre el sospechoso es inocente hasta que se le pruebe culpable. Pero era una pista, un ángulo que tenía que seguir. Después de todo, estábamos hablando de Bucho.

—Entonces, Toots, dime, Bucho . . . ¿llegó a tomar la pluma? —¿Cómo preguntarle qué sucedía entre ella y Bucho? Eso era lo que realmente quería saber, sin revelar que yo estaba más interesado en la posibilidad de que ella estuviera disponible, más

que en probar que estaba siendo acusada falsamente.

—No, no. Como te dije, Mickey, Bucho y Eddy estaban al otro lado del salón, en la mesa de lectura cerca del escritorio de la señorita Garza, ¿ves? ¡Ni hablar! Aunque . . . espera un segundo —dijo—, ¿crees que Bucho tuvo algo que ver con esto? No puede ser. Digo, sé que él es problemático, y que si alguien pudiera hacer algo así sería él. Pero como dije, él no estaba ni cerca de mí. ¿Crees que él de alguna manera . . .? Te lo digo: es imposible, y esto viene de su ahora ex novia desde hace dos días, así es que debe significar algo.

¡Bien! Pensé. Disponible, y ¿en quién pensó para ayudarla en estos tiempos difíciles? ¿Quién era el único que podía salvarla en este momento de aflicción? ¿Quién era su caballero de brillante armadura? Yo, por supuesto. Mi mente daba vueltas, mi corazón latía fuertemente, como tambores de guerra. Ahora no me podía concentrar, así es que la interrumpí. Tenía que hacerlo. —Sólo estoy haciendo una pregunta sobre él, Toots. No sería bueno en esto de la resolución de misterios si no preguntara, ¿verdad? Sólo estoy cubriendo todas las bases, ¿entiendes?

—Claro, si tú lo dices.

—Por supuesto. Entonces, ellos estaban cerca del escritorio de la señorita Garza. ¿Qué pasó entonces?

—Bueno, terminé de ver la pluma, y alguien más quiso tomarla, pero no recuerdo quien, la verdad. Como sea, le dije "No te puedo pasar la pluma sin el permiso de Eddy". Entonces le dije a Eddy, lo suficientemente fuerte para llamar su atención y la de la

señorita Garza, quien levantó la vista de su lectura. "Eddy, gracias por dejarme ver la pluma de tu papá. Es muy bonita. La voy a poner en tu casillero. ¿Está bien?" Él asintió con la cabeza, así es que caminé a su casillero y puse la pluma adentro. La puse bien atrás para que nadie la sacara, ¿ves? Incluso se lo dije a Eddy "Oye, la puse bien atrás para que nadie te la robe, ¿sí?" Dijo que sí otra vez con la cabeza. Luego fui a mi escritorio, me senté y tomé mi diario para escribir lo que pensaba sobre la pluma. Si crees que puede ser de ayuda, puedes ver lo que escribí.

¡Ay, que tentación! Me estaba dando luz verde para leer su diario. Por supuesto sólo podría leer lo que había escrito hoy sobre la pluma, pero quizás podría echar una miradita a las anotaciones de otras fechas y ver si había escrito algo sobre mí. *No, eso sería una falta de ética*, pensé. Aunque el manual no decía nada en específico sobre esto, aún me sentía aprensivo, pero sabía que no tendría esta oportunidad otra vez. Como dije, era tentador, quizás demasiado. Estaría leyendo todo el diario en vez de enfocarme en lo que importaba: probar la inocencia de Toots lo más pronto posible.

TRES

DESPUÉS DE DEJAR NUESTRAS BANDEJAS, CAMINÉ CON Toots a nuestro salón de clases. Cuando entramos, noté que todos los que habían vuelto del almuerzo estaban sentados en silencio, demasiado callados, la verdad. Algo más —todos miraron hacia Toots como esperando algo, todos estaban como el perro de Pavlov, volteando al sonido de la campana. Toots se detuvo abruptamente, luego miró hacia el suelo y caminó silenciosamente a su escritorio. Allí agachó su cabeza y se cubrió con los brazos, doblados, como si eso pudiera protegerla de todas las miradas. Me pareció oírla llorar bajo todo ese cabello castaño; los rizos bajando en cascada hacia el escritorio. Pero no estoy seguro. Miré a todos fijamente, haciéndoles entender que la dejaran en paz. Yo estaba a cargo.

Me dolía verla así. Me acerqué a los casilleros y estudié el salón de clases. Al otro extremo estaba Ricky mirando por la ventana, soñando despierto, como siempre. Al frente se sentaba la señorita Garza, su cara larga, deprimida, manchas rojas alrededor de sus ojos, mirando tristemente hacia Toots, quien no se había movido ni un centímetro después de

haberse sentado. Frente a ella y hacia su derecha estaba Eddy. Hablando de personas angustiadas. La barbilla del chico se posaba pesadamente en su delgado pecho. Podía adivinar por sus ojos enrojecidos que él también había estado llorando. Y pensé: *Por Dios, Eddy, es una pluma. Tengo muchas en mi casillero. Toma una, tómalas todas si te hace feliz.* Yo sólo no quería ver a Toots acusada de algo que yo sabía ella no podría haber hecho. Detrás de Eddy estaba Bucho, dándole palmaditas en el hombro, diciéndole en voz baja que nadie se iría hoy hasta que apareciera la pluma. Si no supiera lo contrario, podría jurar que los dos eran amigos del alma, amigos de por vida.

No entendía. Aunque me había dicho a mí mismo a la hora de almuerzo que incluso Bucho merecía el beneficio de la duda, que incluso él era inocente hasta que se le probara culpable, que él, como todos los demás en la clase, era sospechoso. En el fondo de mi mente, en ese archivo que abrí sobre él y para él solito, ya había decidido que él era el ladrón, o al menos el sospechoso principal. Y de alguna manera él había encontrado una forma de dirigir toda la atención lejos de él y ponerla sobre Toots. Había decidido observarlo de cerca, pero aquí estaba, consolando a la víctima. Blando, como nunca lo había visto antes. Y me intrigó aún más cuando fue el primero en ofrecerse como voluntario para que lo revisaran —No tengo nada que ocultar, señorita G. Si me quiere revisar, aquí estoy. —Caminó hacia la pared más cercana, apoyó sus manos en ella, se reclinó y abrió ligeramente las piernas.

Un verdadero profesional, pensé. *Haciendo el papelito. ¿Qué se traerá entre manos?* La señorita Garza dijo —Gracias por tu gesto, Bucho, pero no será necesario. ¿Ven? Tuve que borrarlo de mi lista, por ahora al menos. Digo, si hubiera tenido la pluma consigo, no se habría sometido voluntariamente a una revisión. La señorita Garza dijo —Siéntate, Bucho. Voy a salir por unos minutos y me voy a llevar a Eddy conmigo y, cuando estemos fuera, esto es lo que quiero que pase: Quien sea que haya tomado la pluma, que tenga la valentía que Bucho mostró y la devuelva. Quien sea que la haya tomado debe devolverla.

Supe inmediatamente que este plan no iba a resultar. Nunca funciona. ¿En qué están pensando los maestros cuando hacen esto? ¿Quién en todos sus sentidos va a querer ponerse en frente de todos y admitir que es un ladrón? ¿Caminar al escritorio de la maestra y poner la pluma en el libro de clases, y luego esperar que nadie lo delate? ¿Quién va a querer ser identificado como ladrón por el resto de su vida? Nadie.

Iba a decir algo con respecto a este plan, pero la señorita Garza debe haber pensando en lo mismo, porque dijo —Tengo una mejor idea: Voy a llamar a cada uno de ustedes afuera, uno por uno. Quien tenga la pluma, tráigala consigo. Después de clases hoy, se la devolveré con una disculpa escrita. No será enviado a la oficina del director. Si la pluma no es devuelta, entonces, bueno, como dijo Bucho antes, no vamos a ir a ningún lado hasta que aparezca. Así

es que, si quieren ir a nadar en educación física la siguiente hora, alguien debe hacer lo correcto.

Ella y Eddy dejaron el salón, y como había dicho, empezó a llamarnos uno por uno, tomando unos minutos con cada uno de nosotros afuera. Mientras ella llevaba a cabo sus interrogaciones, yo hice mi propia versión. Le dije a Toots, —Escucha, Toots —y todos me miraron excepto ella. Me volví hacia los casilleros, el último lugar donde había sido visto el objeto. Justo frente a mí estaba el casillero de Eddy. La habían vaciado, excepto por un clip, una grapa aplastada y algo de polvo al fondo. Eddy probablemente había sacado todo cuando buscaba desesperadamente la pluma de su papá. Me rasqué el cuello.

—Toots —dije otra vez—. Como dijiste en el almuerzo, pusiste la pluma en su lugar, ¿cierto?

Miré sobre mi hombro y vi que levantaba lentamente su cabeza.

—¿Cierto?

—Sí —contestó—. Dentro del casillero. Sobre su cuaderno azul.

En cuanto habló, toda la clase volteó a verla, y yo volví al casillero.

—Y me dijiste "Le dije a Eddy que estaba poniéndola allí, y él me vio hacerlo, y también lo hicieron todos los demás, incluyendo la señorita Garza". ¿Correcto?

Ella suspiró afirmativamente.

—El resto de ustedes —y ahí di la vuelta para mirarlos a todos— ¿quién de ustedes la vio poner la pluma ahí? —Al principio sólo un par de manos se

levantaron. Bucho fue una de ellas. Interesante, el ex novio proveyendo una coartada a la ex novia. Luego unas cuantas personas más levantaron sus manos. Ricky estaba en su propio mundo, su mirada pegada en algo del patio del recreo, o más allá—. Después te sentaste en tu escritorio, ¿verdad? ¿Todos están de acuerdo con esto? ¿Ustedes la vieron sentarse y empezar a escribir en su diario, como ella dice?

Ellos asintieron.

—Entonces, ¿cómo es que Toots tiene toda la culpa de este robo? Está claro para mí, basado en todo lo que ustedes han presenciado, que ella no podría haber tomado esa pluma.

—Pero —dijo Larry, quien estaba sentado cerca de Toots—, ella fue la última que fue vista con la pluma. Yo no recuerdo haberla visto realmente poner la pluma en el casillero. Digo, la vi meter su mano ahí, pero ¿quién puede decir que no la escondió en su manga y luego la deslizó en los bolsillos de su pantalón? ¿Ves como no se ofreció de voluntaria para ser revisada? La evidencia se acumula y apunta derecho a Toots.

—Ahora resulta que todo el mundo es detective —dije—. Leen una Enciclopedia Brown o un misterio de Hardy Boys y todos ustedes son sabuesos. —Luego moví la cabeza—. Escucha, Larry. Todo lo que listaste, cada pizca, todo eso es lo que en el negocio de los investigadores privados se llama evidencia circunstancial, cosas que no podrían sostenerse en un juicio. Sin hechos concretos, pistas de verdad, huellas digitales, pruebas de ADN y todo

lo demás, no tienes nada. Está vacío, como este casillero —dije apuntando al casillero—. Además, Toots lleva una blusa con mangas cortas. Así es que ahí queda tu teoría. —Estaba de suerte.

Larry se puso rojo en cinco tonos diferentes, pero se lo merecía. No había probado nada con su rollo, excepto que era un principiante, fuera de la liga.

—Toots —dije—, ¿por qué no vienes y me explicas cómo paso todo?

CUATRO

TOOTS ME EXPLICÓ LOS EVENTOS DE ESA MAÑANA, cómo regresó a su escritorio, sacó su diario, lo abrió en la última página en la que había escrito, luego sacó la pluma que había usado, una cosa de tinta morada con una bolita peluda en la punta. —Y ahí fue cuando sonó la campana para el recreo —dijo, recordáme el orden de los eventos. Bucho se paró y caminó en mi dirección. Se alzó como una torre sobre mí. Era un monstruo. Como un ogro de brazos largos con vello en la barbilla. Me miró hacia abajo y dijo —Te lo dijo exactamente como pasó. Recuerdo haberla escuchado decir a Eddy que iba a regresar la pluma al casillero. Claramente la veo hacerlo en mi mente. Metió la mano hasta el fondo y la sacó vacía. —Lo siguiente lo susurró, sólo entre nosotros—. Lo sé porque miré sus manos. Miré su brazalete para ser más exacto. Es el que le regalé para su cumpleaños el mes pasado, y aunque no nos hemos hablado en estos últimos dos días, me alegró verla usándolo.

Toots sonrió con esta última parte.

Yo no. —De todos modos —dije—, ¿qué pasó entonces?

Fue Bucho el que habló otra vez —Sí, como dijo ella, estaba sentada y escribiendo quién sabe qué en su tonto cuaderno. Empecé a jugar a la lucha libre con Eddy. Sólo estaba jugando con mi nuevo amigo, ya sabes. Yo sujetaba a Eddy con una llave de cabeza cuando él me pisó tan fuerte que tuve que soltarlo. Fue entonces cuando me empujó de espaldas contra los casilleros. Me dolió, pero no fue su intención. Sólo estábamos jugando, como dije, ¿verdad? —Bucho se acercó a Eddy y lo despeinó—. Te voy a decir algo más: El chico no podría empujarme así otra vez aunque lo intentara. —Al decir esto Bucho se cruzó de brazos y levantó la barbilla con fuerza.

En ese momento se abrió la puerta y la señorita Garza me llamó. Le dije que yo estaba en la biblioteca cuando todo había pasado. Luego llamó a las tres últimas personas, una por una, entre ellas Toots, pero la pluma no aparecía.

La señorita Garza volvió a su escritorio y se sentó, muy deprimida, al borde de un verdadero festival de llanto. Con la voz quebrada, dijo —Bien, ya está. No hay alberca hoy, o los días o semanas que tome devolver la pluma a quienquiera que la haya tomado.

Con esto todos refunfuñaron. El clima afuera se acercaba a los cien grados Fahrenheit, hacía tanto calor que se podía freír en la acera dos huevos, unas cuantas tiras de tocino y un poco de papas. Con este calor todos esperábamos la hora de la alberca. Pero eso no iba a pasar hoy, y aún peor, la señorita Garza dijo —Ahora vayan a sus casilleros y saquen sus libros de matemáticas. Van a trabajar en los

capítulos siete y ocho por el resto de esta hora. En silencio. Ni un sonido. Sin usar calculadoras, ni trabajar en grupo. Y anoten en una hoja cómo llegaron a los resultados que obtuvieron.

Alguien detrás de mi dijo —Pero, señorita Garza, sólo vamos en el capítulo cuatro. ¿Cómo quiere que sepamos lo que viene después en el libro?

—No te preocupes por eso —dijo ella—. Sólo hazlo, y hazlo bien, porque esto va a contar un quince por ciento de la nota de estas seis semanas.

Hubo otro refunfuño colectivo. El mío no tenía nada que ver con el desarrollo de estos últimos acontecimientos, sino con el hecho de que estaba atorado. Había estudiado el calvario de Toots más veces de las que podía contar con los dedos de las manos, pero aún no podía encontrar ni una sola pieza de evidencia real para ayudarla a salir de este aprieto. Le había fallado.

—Ahora, vayan a sus casilleros —dijo la señorita Garza—, tomen sus libros y empiecen.

Todos seguimos sus órdenes. Sabrá lo que me esperaba. Sabía matemáticas tanto como sabía lo que piensa un zorrillo, pero fui a buscar mis materiales. Fue entonces que vi el sobre en mi casillero. Ya me estaba preguntando cuándo aparecería y en qué forma. Observé a mis compañeros cuidadosamente para ver si sus caras traicionaban a mi "ángel", pero nada.

Tomé la carta que estaba encima de mi libro de lectura, que a la vez estaba encima de mi libro de matemáticas. *¿Quién la pudo haber puesto ahí?* me pregunté. *¿Y cuándo?* Tuvo que haber sido cuando

estaba afuera con la señorita Garza y Eddy. Esta carta me estaba intrigando. Siempre furtiva. Siempre invisible. El único misterio que nunca he estado ni cerca de resolver. ¿Quién era mi "ángel"? Todos volvieron de sus casilleros con sus libros en la mano y miraban feo a Toots. Ricky ya tenía su libro de matemáticas abierto frente a él. Le gustaban los números, así es que esto era mucho mejor que ir a nadar. Casi podía ver humo saliendo de su lapicero. No había ninguna probabilidad de que él fuera mi ángel. Tomé mi libro de matemáticas y mi libreta roja, metí el sobre en el bolsillo de mi camisa y volví a mi escritorio.

Allí abrí el sobre lo más silenciosamente que pude y desdoblé la carta. Decía:

Mickey: no puedes dejarte engañar. 1, resuelve esto: ¿por qué una chica que ha terminado con su novio aún usa su brazalete? B, para encontrar la pluma perdida sé creativo, mantén la mente abierta, vuelve a repasar toda la escena en tu cabeza una y otra vez hasta que la sepas al revés y al derecho. III, no hables precipitadamente.

Estaba firmada por *El ángel de Mickey*; estas cartas siempre venían firmadas así. Qué cursi. En más de una ocasión, generalmente justo cuando estaba a punto de resolver un misterio por mí mismo, encontraba una carta en mi mochila, una nota adhesiva, una vez incluso una adivinanza en una servilleta. A excepción de la habitual firma, las cartas eran imposibles de rastrear. Estaban mecanografiadas o escritas en letras de molde. La mayor parte de las

veces mi "ángel" me decía cosas que yo ya había resuelto, pero que aún no había revelado al público, o que yo hubiera descubierto con el tiempo. Aunque con esta nota me enojé porque aparte de insinuar que Toots y Bucho aún estaban juntos, también implicaba que casi estaban confabulados el uno con el otro (pero sin ninguna pista de por qué estarían conspirando). Aparte de eso, la parte B no tenía ningún sentido para nada. *Manten la mente abierta, vuelve a repasar toda la escena en tu cabeza una y otra vez hasta que la sepas al revés y al derecho.* Algo olía mal, fuera de lugar, raro, torpe. Pero no podía saber qué era.

CINCO

YA HABÍA PASADO MUCHÍSIMO TIEMPO Y YO NO HABÍA trabajado en ni un solo problema. Ni siquiera había abierto el libro. ¿Qué diría la señorita Garza cuando nos pidiera pasar nuestro trabajo hacia el frente de cada fila y mi hoja estuviera totalmente en blanco? Ay, en qué lío me había metido ahora. Pero todo empeoró.

La señorita Garza dijo —Tienen cinco minutos para terminar el trabajo que les asigné hace un rato. No olviden de poner sus nombres y la fecha en la esquina superior izquierda de su trabajo. Algo más: Si la pluma no ha sido devuelta al final de clases, tendrán una prueba de matemáticas el viernes. Cubrirá todo lo que hemos estudiado este año y los capítulos siete y ocho. Se espera que todos la pasen, o reprobarán las seis semanas. Así es que aprendan este material al revés y al derecho. ¿Entienden?

Algo de lo que dijo me golpeó como una cachetada. ¿Qué era? Y entonces todo se aclaró.

—¿Señorita Garza? —dije.

—¿Sí, Mickey?

—¿Cómo dijo que debíamos saber este material?

—Mickey, no estoy de humor para tus chistes hoy.

Moví la cabeza. —No lo tome a mal, señorita Garza. ¿Me puedo acercar?

—Está bien, Mickey —dijo, e hizo un gesto con su mano para indicarme que me acercara a su escritorio.

Susurré —Señorita Garza, usted dijo, "¿Aprendan este material al revés y al derecho" o "al derecho y al revés?"

—Mickey . . . —advirtió.

—Es importante. Podría aclarar la situación de la pluma perdida, señorita. —Alcé las cejas.

—No entiendo cómo lo que dije . . . pero, como sea, Mickey. Dije "Apréndanlo al revés y al derecho".

Luego pedí permiso para ir a la biblioteca por un momento. Necesitaba un tiempo a solas para pensar claramente. Además de conocerme como Mickey, el estudiante bien portado y muy educado, la señorita Garza también me conocía como Mickey, el detective, así es que me dio permiso para ir. Tomé mi libreta, la carta de mi "ángel" y un lápiz y me fui a la biblioteca. No estuve ni diez minutos ahí cuando todo se aclaró como un cristal, así es que volví a clase.

SEIS

CAMINÉ A LA CLASE Y ME DIRIGÍ HACIA TOOTS. ME agaché, ella me miró y me rompió el corazón. Sonreía débilmente.

Dije —Ya lo resolví todo, Toots.

Ella dejó de sonreír. —¿De veras?

Asentí. —Sólo hay una cosa más, ¿tu brazalete?

—Oh, ¿esta baratija? —Lo acarició amorosamente—. Fue un regalo de mi abuela. Por eso lo quiero tanto.

—Señorita Garza —dije, y todos me miraron—. ¿Me permite?

Ella asintió y me dio la palabra.

Me paseé por el frente del cuarto, de arriba abajo, una o dos veces. Bebía agua de un vaso de plástico que me había dado la señorita Salinas, la bibliotecaria buena onda que siempre me recomendaba los libros más entretenidos y recién salidos de la imprenta, y que siempre me deja tomar un vaso de H_2O fría de su mini refrigerador. Lo puse encima de los casilleros.

—Bucho —dije, parándome frente a él—, cuando Eddy te empujó hacia los casilleros, dijiste que te dolió, ¿verdad?

—Sí, pero no mucho. Digo, no fue una pelea de verdad. He visto que Eddy es un poquito delicado a veces; no quiere jugar rudo durante el recreo, así es que esta fue mi manera de ayudarlo a ser más duro, ¿sabes? Lo que quiero decir es que, sí, él me empujó, pero no muy fuerte. Me han pegado más fuerte, como cuando juego fútbol americano en el barrio, y esa vez en el paseo al zoológico cuando me dio un cabezazo una cabra. Eso sí dolió.

—Bien, como sea —dije—. Pero, no recuerdo si dijiste que te empujó lo suficientemente fuerte para hacer que los casilleros se sacudieran. ¿Fue así de fuerte?

—Quizás. No te lo podría decir. No me acuerdo. ¿Por qué preguntas? ¿Piensas que tuve algo que ver con la desaparición de su pluma? ¿Me estás acusando? ¿Me estás acusando, Mickey? —Se paró y me hizo dar un paso atrás, pero eso era todo lo que me iba a mover.

—Curiosidad, sólo eso. Hay que cubrir todos los ángulos, ¿verdad? Así es que, adelante, si piensas que puedes, empújame hacia los casilleros, como Eddy lo hizo contigo.

—¿Qué? ¿Me estás dando permiso para empujarte? —Miró hacia la señorita Garza. Ella estaba moviendo la cabeza y a punto de levantarse de su silla.

Dije —Señorita, ¿me puedo acercar?

Ella se volvió a acomodar en su silla y me indicó que me acercara. —Más vale que esto tenga un buen fin porque tú sabes que jamás permitiría que Bucho te lastimara.

—Señorita —susurré—, sin esto no hay nada. Le prometo que tendré cuidado. No me va a lastimar.

Respiró profundamente, chasqueó la lengua y dijo —Bien, Mickey, pero anda con cuidado.

—Así lo haré —dije y caminé hacia Bucho—. Adelante. Te doy permiso. No te vas a meter en problemas.

—No sé. —Miró en dirección a la señorita Garza, quien se encogió de hombros y asintió reacia.

—¿O es que piensas que no puedes?

—Claro que puedo.

Y sí pudo. Me empujó hacia los casilleros, no muy fuerte, pero lo suficiente como para tirar el vaso de agua que había puesto sobre el estante. El agua se derramó. Parte del agua cayó en mi hombro derecho, pero la mayoría cayó sobre la cabeza y cara de Bucho.

Nuestros compañeros reían, Bucho estaba furioso.

—¿Cuál es la idea? —preguntó—. ¿Te estás buscando una golpiza? Pues te la voy a dar. —En ese momento se acercó a mí amenazante, pero yo no me moví. Me tomó de los hombros y me sacudió un poco.

Cuando la señorita Garza se acercó, Bucho me soltó rápidamente. Miró a Bucho todo mojado y me preguntó —Mickey, esto se ha alargado demasiado. ¿Qué significa todo esto?

—Si me deja explicar, señorita.

—Por favor.

—Sí —dijo Bucho—. Por favor. —Me miró con los ojos entrecerrados y me fulminó con la mirada.

Esto tenía que funcionar, o iba a tener problemas con la señorita Garza, o peor aún, con Bucho.

—Primero —dije—, tuviste razón al terminar con

Toots. —Me volví a mirarla por un segundo, pero ella tenía la cabeza enterrada entre sus brazos otra vez, y mi corazón latió con fuerza como antes al ver todos esos rizos—. Ella no sirve como ladrona. Y por si fuera poco, es una mentirosa —agregué.

—Espera un momento —dijo Bucho—. Es mi chica de la que estás hablando.

—Pensé que ustedes habían terminado —dije.

—Bueno, quizás sí y quizás no. ¿Qué hay con eso?

—Bucho, cállate —dijo Toots.

Ahora era ella a quien lo miraba a él, y qué fieros se habían puesto esos ojos verdes en ese momento. Amenazantes.

—No sabe de qué está hablando. Es un idiota —dijo Toots al resto de la clase, a mí y a la señorita Garza—. No puede soportar que lo hayan dejado. ¿No es verdad, Bucho? Diles.

—Sí, sí, es verdad —Bucho se corrigió a sí mismo—. No sé lo que estoy diciendo.

Y ahí estaba la respuesta a la primera pregunta de mi "ángel". No habían terminado, sólo estaban fingiendo y ahora tenía que descubrir por qué. Pero antes de eso tenía otro problema más importante que resolver.

—Señorita Garza, compañeros, se preguntarán ¿por qué todo el drama con el vaso de agua?

Todos asintieron, menos Bucho, que estaba mirándose las palmas de las manos, y Toots, que aún estaba haciéndole un hoyo en la cabeza con esos ojos de ella. Y Ricky, noté, aún trabajaba en sus matemáticas. Probablemente en los capítulos nueve y diez sólo por diversión. Qué menso que era mi hermano.

—Verán, estos dos, Bucho y Toots, están confabulados.

Todos estaban en silencio. Era como si todos hubieran parado de respirar. Todos los ojos estaban sobre mí. También los de Bucho y Toots.

—En conclusión, les digo. Estos dos conspiraron para fugarse con la pluma de Eddy.

—Mientes —dijo Toots.

—Ah, ¿sí? ¿Por qué una chica, que dice que ha terminado con su novio, todavía usa una muestra de su amor y miente sobre esto? Un regalo de tu abuela, ¿ah? Ella tocó distraídamente su brazalete, pero luego lo soltó cuando se dio cuenta de lo que había hecho.

—No tienes que responder. Volvamos a la pluma. Cuando la pusiste en el casillero de Eddy dijiste que la pusiste lo más atrás que pudiste. Dijiste que lo habías hecho para evitar que alguien la robara, ¿verdad? Y más tarde, Eddy empujó a Bucho hacia los casilleros, como Bucho lo hizo conmigo, y le cayó agua encima. —Caminé hacia los casilleros. Estaba parado dando la espalda, y cuando me di vuelta, ahí estaba el casillero vacío de Eddy. Me agaché hasta ver el último de los casilleros, el más desordenado—. Me pregunto ¿a quién pertenece este casillero? —dije, apuntando hacia él.

La señorita Garza dijo —Bueno, si la memoria no me falla, es el casillero de Bucho.

—Como lo pensé —dije—. Bucho, hace un rato te ofreciste para ser registrado, te pusiste contra la pared y hasta abriste las piernas para que la señorita Garza pudiera buscar la pluma. Pero no dijiste "Mire en mi casillero". ¿Por qué?

—Bueno, yo . . . yo . . .

—¿Puedo revisar tu casillero? —dije—. Quiero decir, si no tienes miedo a que encuentre algo que no debería estar ahí.

—No tengo miedo. Así que, adelante. —Pero se estaba moviendo nerviosamente, balanceándose de un pie a otro. Transpirando.

Ésta era mi oportunidad de atraparlo, mostrarlo como el culpable que sabía que era, pero que aún no había probado. Saqué un cuaderno, un libro de texto a la vez, hasta que no hubo nada en el casillero, sólo pelusas, papeles arrugados, pedazos de lápices y gomas mordidas.

Una vez que saqué todo, todo excepto la pluma, Bucho dijo —¡Ajá!, no encontraste nada, ¿verdad? ¡Ahora discúlpate!

Levanté el dedo índice de mi mano derecha.

—¿Disculparme? Pero si no he terminado aún.

—Busqué al fondo del casillero, bien atrás, hacia el espacio entre el casillero y la pared; había una grieta no más ancha que una pulgada. Pero eso era suficiente como para que cupiera perfectamente una pluma. Metí mis dedos en el hueco ¡y quién lo iba a decir!, sin ningún problema, la encontré. Logré sacarla del hueco y tomarla en mi mano.

Pensé pararme y girar, sosteniendo la pluma para que todos la vieran. Quería decir, "¿Disculparme? ¿Yo? ¿Qué es esto entonces?" Pero cuando me estaba levantando, mientras giraba con la pluma en mi mano, sentí como una tonelada de ladrillos en el estómago. Le había dado a Bucho una salida. Me di una patada mentalmente porque, aunque a veces